KV-6841-079

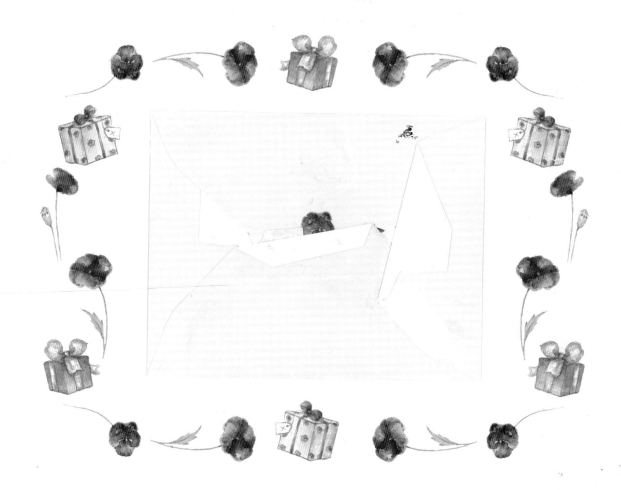

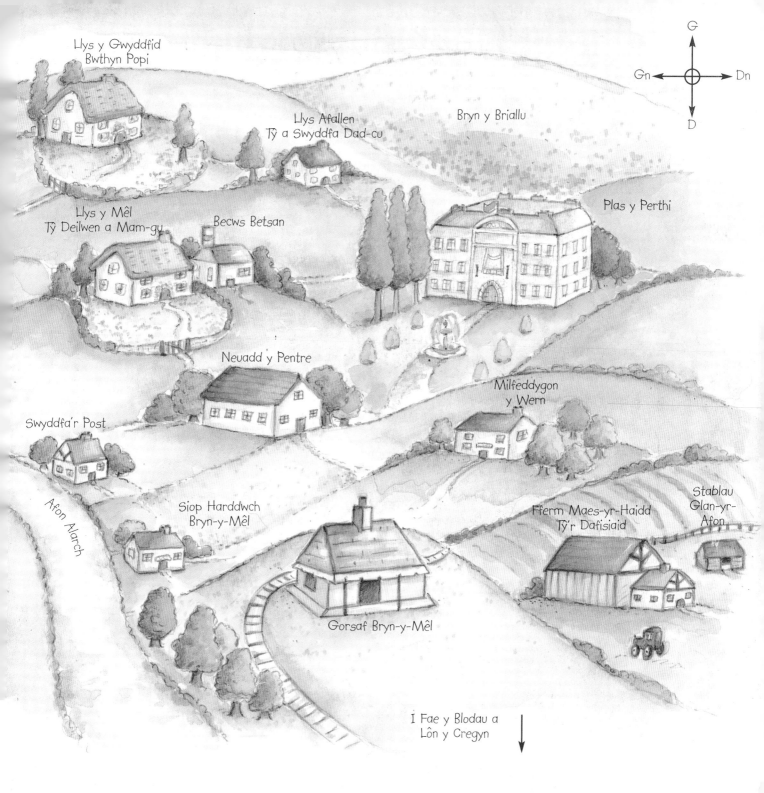

DERBYNIWYD/ RECEIVED	-6 DEC 2007
CONWY	
GWYNEDD	✓
MÔN	
COD POST/POST CODE	LL5 1AS

Cyhoeddwyd 2007 gan Wasg y Dref Wen
28 Heol yr Eglwys, Yr Eglwys Newydd, Caerdydd CF14 2EA
Cyhoeddwyd gyntaf yn Saesneg gan
Picture Corgi o dan y teitl *Princess Poppy: The Birthday*, 2006.

© testun: Janey Louise Jones, 2006
© lluniau: Picture Corgi Books, 2006
Lluniau gan Veronica Vasylenko
Dylunio gan Tracey Cunnell

Mae'r cyhoeddwr yn cydnabod cefnogaeth ariannol
Cyngor Llyfrau Cymru.

Mae hawl Janey Louise i gael ei chydnabod fel awdur
y gwaith hwn wedi cael ei ddatgan yn unol â Deddf Hawlfraint,
Dyluniadau a Phatentau 1988.

Cedwir pob hawl.

Argraffwyd yn China

3022288 5

Y Dywysoges Popi

Y Pen-blwydd

Ysgrifennwyd gan Janey Louise Jones

Trosiad Hedd a Non ap Emlyn

DREF WEN

I Emma Brown,
a oedd yn dywysoges

★

Y Pen-blwydd

yng nghwmni

Deilwen

★

Tad-cu

★

Mam

★

Dad

★

Mam-gu

★

Y Dywysoges Popi

Saffrwn

★

Dihunodd Popi'n gynnar. "HWRÊ! Dw i'n cael fy mhen-blwydd heddiw!" gwaeddodd hi wrth iddi neidio allan o'r gwely. "Dw i wrth fy modd pan dw i'n cael fy mhen-blwydd. Galla i fod yn dywysoges arbennig drwy'r dydd heddiw!"

Edrychodd Popi o gwmpas ei hystafell wely – roedd teganau, llyfrau a dillad-gwisgo-i-fyny dros bob man, ond doedd hi ddim yn gallu gweld unrhyw anrhegion.

Hmmm, does dim byd ar gyfer tywysoges yma.

"Dw i'n gobeithio bod pawb wedi cofio fy mhen-blwydd," meddyliodd.

Brwsiodd Popi ei gwallt …

gwisgodd hi ei hoff ffrog goch …

a rhoddodd hi glipiau
blodeuog yn ei gwallt.

"Dw i'n mynd i chwilio am fy anrhegion pen-blwydd!"
dywedodd, a rhuthro i ystafell wely ei rhieni.

"Mam, Dad, dw i wedi cyrraedd," dywedodd Popi.

"O, Popi, dw i wedi blino," dywedodd llais blinedig o dan y dŵfe.

"Ond dw i'n cael fy mhen–" dywedodd Popi.

"Cer yn ôl i'r gwely am hanner awr," mwmiodd Mam.

"Dim ond saith o'r gloch yw hi, Popi," cwynodd Dad.

"Sut yn y byd gall Mam a Dad gysgu'n hwyr ar fy niwrnod arbennig i?" gofynnodd Popi'n grac.

Aeth hi'n ôl i orwedd ar ei gwely. "Mae hyn yn ddiflas iawn," meddyliodd.

Felly, penderfynodd Popi fynd drws nesa i weld Mam-gu – roedd hi'n codi'n gynnar bob dydd.

Pan gyrhaeddodd Popi dŷ Mam-gu, roedd llawer o fefus mân ar y bwrdd ac roedd Mam-gu'n cymysgu siwgr a menyn mewn powlen fawr.

"Helô, Mam-gu, dw i'n cael fy mhen–"

"Dw i'n brysur, Popi.

"Cer i chwarae am dipyn; fe gawn ni sgwrs fach wedyn," gwenodd.

Dydy Mam-gu, hyd yn oed, ddim yn cofio fy mhen-blwydd.

"Reit 'te!" penderfynodd Popi. "Dw i'n mynd i weld Dad-cu.
Fydd *e*, o leia, ddim wedi anghofio fy mhen-blwydd."

Cerddodd Popi i mewn drwy'r drws mawr i mewn i swyddfa Dad-cu. Roedd e'n darllen papur newydd anferth.

"Alla i ddim siarad gyda ti nawr," dywedodd Dad-cu. "Dw i'n gwneud pos croeseiriau!"

Cerddodd Popi allan o'r ystafell yn grac a chau'r drws yn glep. *Dad-cu hefyd*!

"Ac roedd ei bapur newydd e wyneb i waered!" dywedodd.

Yna, edrychodd Popi yn ffenestr y siop wnïo. Roedd Saffrwn, ei chyfnither, yn brysur yn gwnïo ffrog goch hardd.

"Helô, Saffrwn, mae'r ffrog 'na'n edrych yn hardd! Dw i'n cael fy mhen–"

"Popi, mae'n ddrwg gyda fi, ond mae'n rhaid i fi gario 'mlaen gyda fy ngwaith," atebodd Saffrwn. "Mae'r ffrog yma ar gyfer merch sy'n methu aros am ddim byd. Does dim amser gyda fi i siarad."

Mae hyd yn oed Saffrwn yn rhy brysur!

Felly, aeth Popi i'r Ardd Lafant i chwilio am ei ffrind gorau, Deilwen.

Roedd Deilwen yn gwisgo'i dillad Tylwyth Teg.

"Rwyt *ti* wedi cofio fy mhen-blwydd, wyt ti?" gofynnodd Popi.

"Wel, Popi, dydw i ddim wedi anghofio, ond dydw i ddim wedi cofio chwaith, os wyt ti'n deall!" dywedodd Deilwen yn ddryslyd.

Roedd Popi, druan, yn teimlo'n drist iawn. Doedd neb yn ei charu hi ddigon i gofio'i phen-blwydd.

"Dydw i ddim yn deall," dywedodd Popi. "Mae Mam *bob amser* yn dweud fy mod i'n dywysoges arbennig ar fy mhen-blwydd."

Neidiodd Deilwen ar ei thraed. "Dere, Popi. Beth am i ni fynd i chwarae yn yr ardd?"

Wrth iddyn nhw nesáu at yr ardd, roedden nhw'n gallu clywed cerddoriaeth hyfryd.

Agorodd Deilwen y gatiau …

Disgynnodd rhubanau, balŵns a phetalau blodau ar ben Popi.

"Bang!" meddai sŵn y popwyr parti.

"Pen-blwydd Hapus!"

gwaeddodd teulu a ffrindiau Popi.

"WAW!" chwarddodd Popi.

"Diolch yn fawr! Rydych chi *wedi* cofio wedi'r cyfan!"

"Rwyt ti wedi bod yn aros yn amyneddgar, cariad," dywedodd Mam. "Galli di agor dy anrhegion di i gyd nawr!"

Rhoddodd Mam focs coch llachar i Popi. Tu mewn iddo, roedd mwclis llachar hyfryd.

Rhoddodd Popi y mwclis am ei gwddf.

"Mae hi'n hyfryd! Diolch, Mam! Diolch, Dad!"

Rhoddodd Mam-gu gacen pen-blwydd gyda mefus a hufen arni i Popi.

Chwythodd Popi y canhwyllau ac yna blasodd darn o'r gacen.

"Mmm, blasus iawn!"

Rhoddodd Dad-cu goron fach iddi ac arni dri phabi.
Gwisgodd Popi hi.

"Dw i wrth fy modd gyda hi! Diolch, Dad-cu!"

Yna, rhoddodd Saffrwn focs mawr gwyn wedi'i glymu â rhuban coch i Popi.

Agorodd Popi y bocs a thynnu allan ffrog goch ac esgidiau melfed coch – dillad tywysoges.

"O, Saffrwn, ar fy nghyfer *i* oedd y ffrog 'na ! Diolch yn fawr!" dywedodd Popi. "Ond fe ddywedaist ti ei bod hi ar gyfer merch oedd yn methu aros am ddim byd!"

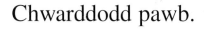

Chwarddodd pawb.

"Ond Popi," dywedodd Deilwen, "dim ond amser brecwast yw hi a dwyt ti ddim wedi gallu aros am dy anrhegion, wyt ti?"

"Wel, efallai," dywedodd Popi. "Dylwn i fod wedi gwybod bod rhywbeth hyfryd yn mynd i ddigwydd."

Yna, rhoddodd Deilwen botel fach i Popi, a rhuban coch arni.

"Persawr petalau ydy e," eglurodd Deilwen. "Fi wnaeth e."

"O, Deilwen, mae e'n hyfryd!" dywedodd Popi wrth iddi roi ychydig ohono tu ôl i'w chlustiau.

Yna, brysiodd Popi i wisgo'i ffrog a'i hesgidiau melfed coch.

"Popi, ti yw'r dywysoges harddaf
yn y byd," dywedodd Dad-cu wrth
iddi hi ddangos ei holl anrhegion i
bawb.

"Dad-cu," gofynnodd Popi, "ydy
pob merch fach yn dywysoges?"

"Ydy, Popi, mae pob merch fach
yn dywysoges, yn enwedig ar ddydd
ei phen-blwydd!"

Trodd Popi rownd fel model. "Am
barti perffaith i'r Dywysoges Popi!"

Diolch yn fawr, bawb!